AF467267

J. BIANCHI

LES LÉGENDES
DES
GORGES du CIANS

NICE
IMPRIMERIE DE L'"ÉCLAIREUR"
27, Avenue de la Gare, 27
1907

LES GORGES DU CIANS

A 50 kilomètres de Nice, 8 de Puget-Théniers et un seul de Touët-de-Beuil se trouvent les fameuses Gorges du Cians, qui attirent continuellement une si grande quantité de touristes.

Les visiteurs descendent à la gare de Touët-de-Beuil (ligne du Sud, de Nice à Puget-Théniers) ; à côté est installé le Grand-Hôtel Latty, splendide établissement offrant aux voyageurs de beaux et vastes appartements d'une propreté et d'une tenue irréprochables et en état de satisfaire les goûts les plus difficiles et les plus exigeants.

On part de là en voiture : on parcourt les Gorges inférieures sur une longueur de 4 kilomètres. On arrive peu à peu à l'Hôtel du Moulin de Rigaud, où l'on peut faire une halte et où l'on trouve tout ce dont on peut avoir besoin.

Deux kilomètres plus loin, au Pré-d'Astier, on laisse, à droite, la route de Pierlas : on prend celle de gauche pour entrer dans les Gorges supérieures.

On arrive ainsi à Beuil, point terminus de l'excursion en général, car, de là, on peut pousser jusqu'au Mont-Mounier (2.810 mètres d'altitude), où se trouve un grand observatoire. On découvre alors le pic du Viso, la chaîne des Alpes, la Provence, Toulon, la Corse, etc.

Je ne ferai pas ici la description des Gorges et de leurs beautés naturelles si variées ; je laisse au visiteur la surprise d'un spectacle grandiose et admirable.

J'ai pensé que, depuis le temps, l'imagination des habitants des villages d'alentour n'avait pas dû manquer de créer des légendes, basées sur des faits insignifiants, mais grossis et commentés à loisir.

Je me suis borné à publier celles qui peuvent être lues par tout le monde, écartant les autres plus ou moins piquantes. Peut-être cette publication se fera-t-elle plus tard.

J. BIANCHI.

GRAND HOTEL LATTY

En face de la Gare

A

TOUET-DE-BEUIL

Appartements Vastes

CONFORT MODERNE

TERRASSES — JARDIN — PARC

Voitures pour Excursions dans les Gorges du Cians

PREMIÈRE LÉGENDE

L'ORIGINE DES GORGES

I

Autrefois les Gorges du Cians, à dix lieues à la ronde constituaient un plateau de terres labourables et arrosables qui appartenaient à Don Malinier, ou plutôt à Messire Malinier, pour employer les termes exacts de la légende. Au centre de ces terres bien cultivées et d'un bon rapport, s'élevait là demeure (le castel) où habitait le seigneur prêtre Malinier.

Le blé, le fourrage dont on nourrissait une grosse quantité de bêtes à cornes, les fruits de toutes sortes et les légumes, que l'on vendait à de bons prix, donnaient un bon revenu, qui permettait au propriétaire d'entretenir une certaine quantité de travailleurs et de domestiques et de soigner l'intérieur du castel où régnait un confortable de premier ordre.

Les étrangers et les voyageurs étaient toujours bien reçus, car notre prêtre était très hospitalier, très généreux et bon pour tout le monde, mais surtout pour les pauvres et les malheureux ; il se faisait un plaisir de faire visiter son domaine à tous ceux qui venaient lui rendre visite.

Un beau soir du mois de septembre de l'an 21 au moment où Messire Malinier s'était mis à table tout seul, on frappa à la porte : — « Entrez, dit-il, et, qui que vous soyez, je vous souhaite la bienvenue. » La porte s'ouvrit et douze hommes entrèrent ; notre bon prêtre resta, en reconnaissant les visiteurs, tellement abasourdi. qu'il manqua de s'étouffer, en avalant précipitamment une bouchée de rôti ; Jésus-Christ et ses apôtres lui faisaient l'honneur de venir chez lui et de profiter de l'hospitalité si large du châtelain ; ils savaient d'avance, qu'en s'arrêtant là, pendant une excursion dans les Alpes, ils seraient reçus comme ils le méritaient d'ailleurs ; car non seulement pour faire honneur à sa bonne renommée, mais comme prêtre. Malinier se surpasserait pour recevoir son divin Maître et sa suite.

En effet, cette visite à l'improviste, à laquelle ne se serait jamais attendu le bon châtelain, le combla de joie ; il se remit vite de sa surprise et donna des ordres pour qu'on servît à souper, recommanda de faire vite et d'apporter tout ce qu'il y avait de meilleur. Il fit en même temps préparer, dans une grande salle les lits nécessaires pour les douze hôtes ; il savait que c'était l'habitude du divin Maître de coucher dans la même pièce que ses apôtres qui l'accompagnaient dans ses voyages.

Le repas, quoique préparé à la hâte fut digne de la renommée du bon prêtre.

Fatigués par une longue course qui avait duré toute la journée, les douze voyageurs demandèrent à aller se reposer. Immédiatement Malinier les conduisit à l'appartement préparé, où tout avait été, selon ses ordres, disposé avec les plus grands soins, afin que rien ne troublât le repos dont ils avaient bien besoin.

II

Avant de se mettre au lit saint Pierre, qui avait été enchanté de l'accueil qu'il n'avait trouvé depuis longtemps nulle part, s'adressa au divin Maître pour lui recommander Malinier et demander pour lui quelques faveurs.

Jésus-Christ fit remarquer à son premier apôtre que Malinier était bien sous tous les rapports : bonne santé, richesses, en un mot tout ce qu'un homme de ce monde peut désirer. Mais saint Pierre insista ; il voulait surtout que le passage de son Dieu fut signalé et qu'on en parlât pour longtemps.

— Bien, lui répondit Jésus, fais comme tu voudras.

Aussitôt, saint Pierre appela le bon prêtre et lui dit :

— *Demande une grâce elle est accordée d'avance.*

— Je demande, répondit Malinier après réflexion, que toute personne qui s'asseoira dans mon fauteuil ne puisse plus en sortir si moi-même je ne l'aide pas.

— Demande donc quelque chose de mieux, répliqua saint Pierre dépité.

Sans se troubler Malinier répondit : Je demande que toute personne qui monte sur mon poirier ne puisse plus en descendre sans mon aide.

— Voyons, reprit saint Pierre presque en colère, tu n'as rien de mieux à demander.

— Je demande, continua l'entêté, que toute personne qui joue aux cartes avec moi, perde toujours.

— Imbécile ! pensa saint Pierre. — Ça va bien, dit-il, impatienté et de mauvaise humeur ; il se coucha non sans réfléchir aux trois demandes si bizarres de Malinier. Il s'aperçut alors que, comme toujours, son divin Maître avait eu raison un moment avant, surtout, qu'en se retournant, il le vit sourire.

III

Il y avait déjà plusieurs années que ces faits s'étaient passés, et prêtre Malinier n'avait jamais eu l'occasion de profiter des trois grâces qu'il avait demandées et obtenues sans difficulté, malgré qu'elles ne fussent pas telles que les aurait voulues son intercesseur :

et plus d'une fois il regretta amèrement de n'avoir pas mieux demandé, ainsi que le lui avait fait remarquer le chef des apôtres.

Un soir du mois de décembre, tranquillement assis devant un bon feu, car, au dehors, il faisait un temps horrible depuis quelques jours, et la neige avait atteint plus d'un mètre de hauteur, il vit la porte d'entrée s'ouvrir brusquement, sans que l'on eût frappé, et une dame entra, toute blanche, comme enveloppée d'un drap récemment sorti de chez la blanchisseuse. Il reconnut sa terrible visiteuse : c'était la Mort. A cette époque c'était une belle femme, jeune et bien portante, toujours leste pour faire ses courses longues et pénibles.

— Holà ! Malinier, dit-elle, ton heure a sonné, il faut partir !

— Tu es bien cruelle, répondit le prêtre légèrement troublé, j'ai cent ans, c'est vrai, mais je me porte très bien... et... tu pourrais...

— Pas d'explications, répartit l'impitoyable ; à cause de ta bonne conduite, je t'accorde encore une demi-heure et, après... *crac*, et en même temps elle fit un geste terrible, en montrant sa faux, qui fit trembler le châtelain du Cians.

— C'est bien, répondit Malinier, je te remercie quand même ; en attendant, mets-toi là, auprès de ce bon feu, et chauffe-toi pendant que je ferai mes préparatifs.

Il fit asseoir sa macabre visiteuse dans le fauteuil enchanté, et, déjà dans son esprit, il avait tiré un plan pour profiter de la première grâce que lui avait accordée saint Pierre depuis si longtemps. Il se retira en souriant malicieusement et donna des ordres à un domestique de mettre beaucoup de bois dans le feu et de n'en jamais laisser diminuer la force. Quoiqu'il ne fut guère enchanté de servir pareil personnage, le domestique exécuta fidèlement les ordres de son maître, non sans verser de chaudes larmes, sachant que son départ n'était plus qu'une question de minutes.

La Mort, toute couverte de neige et de verglas, s'approcha du feu et en peu d'instants sentit un certain bien-être à se chauffer et à sécher ses vêtements tout trempés.

Mais, au bout d'un moment, cette chaleur, grâce au bois que le domestique ne cessait de jeter dans la cheminée, commençait à la gêner sérieusement, à tel point que ses habits, déjà secs, menaçaient de prendre feu. Elle essayait bien de se lever, mais... impossible... elle se sentait retenue par une force inconnue : elle s'impatientait, se tournant et se retournant de tous côtés sans pouvoir quitter le fauteuil enchanté. Ses vêtements prirent feu et en peu d'instants elle fut réduite à l'état de squelette. Elle se sentait perdue, et, pourtant, l'heure de faire la peau à Malinier était déjà passée.

Enfin, celui-ci s'étant rendu compte de la terrible situation de son ennemie, parut.

— Il me semble, dit-il d'un ton goguenard, que tu... te... brûles...

— Coquin ! cria l'autre, en lui lançant un regard terrible.

— Sors de là, retire-toi, ricana Malinier qui se sentait le plus fort.

— Mais... je ne puis pas... gémit la malheureuse.

— Je vais t'aider, dit le châtelain mais à condition que tu me laisses vivre encore cent ans.

— C'est promis, dit-elle, mais dépêche-toi, autrement tu pourras te vanter d'avoir tué la Mort.

Il la prit par la main et la retira du fauteuil.

— Tu vois, ce n'était pas plus malin que ça, dit-il d'un ton moqueur. C'est égal, tu marques rudement mal à présent ; tu me fais plus peur que tout à l'heure ; il ne te reste plus que les os et la peau. Il faut dire que tu es mieux comme ça pour faire le triste métier que tu fais ; franchement, tu as l'air d'être réellement la Mort ; tu étais trop jolie avant.

Mais elle ne répondit pas et partit en maudissant l'instant où elle avait consenti à s'asseoir dans une maison où elle ne devait que paraître tout simplement.

IV

Prêtre Malinier, tout à la joie d'avoir encore cent ans à vivre et d'avoir roulé et défiguré la terrible exécutrice de l'humanité, qu'il avait réduite à l'état pitoyable dans lequel elle est restée depuis, se disait qu'avec un siècle devant lui il avait encore du beau temps à passer et il continua son train de vie comme durant ses premiers cent ans.

Fugit irreparabile tempus a dit le poète latin ; le temps passe vite et le délai accordé à notre châtelain touchait à sa fin. Triste échéance, pensait-il en lui-même ! Qui sait s'il pourrait encore jouer un tour à l'autre ? C'est qu'elle pourrait se méfier et, alors... *Brrrr*... un frisson lui courait dans le dos !

Un beau jour du mois de septembre son ennemie (car elle lui avait juré une haine terrible), se présenta à la porte.

— Allons, houp, viens ici que je te torde le cou, dit-elle d'un ton sec.

— Si vite, répondit Malinier peu rassuré ; je savais que tu devais venir et, comme je ne te veux pas de mal, j'ai réservé mes belles poires pour les manger tous les deux ensemble ; tiens puisque tu es si pressée, descends vite dans le jardin, cueille-les, et, après les avoir mangées, je suis à toi ; je te garantis que tu n'en trouveras de meilleures nulle part.

Sans défiance aucune, la Mort descendit au jardin et grimpa sur le poirier ; elle trouva les poires excellentes et se régala pendant que Malinier se frottait les mains. Elle se disposait à descendre et à rejoindre sa victime, mais... pas moyen ; elle essaya à plusieurs reprises... Inutile ! Elle s'aperçut alors qu'elle était roulée pour la deuxième fois.

Malinier parut à la fenêtre : — Ohé ! dis-donc, tu n'en laisses pas, dit-il d'un ton sarcastique ; il ne faut pas oublier, qu'avant de partir, je tiens à en goûter quelques-unes.

— Ne fais pas ton malin, répondit l'autre avec rage, sors-moi d'ici et tu auras encore cent ans à vivre.

Malinier descendit et se débarrassa de sa lugubre visiteuse ; seulement, il comprit, qu'à la prochaine fois, il ne la tromperait plus.

En effet, à l'époque fixée elle arriva et, sans mot dire, fit sa triste besogne.

V

En arrivant à l'autre monde, Malinier se dit qu'avant d'aller occuper sa place au Paradis, auquel il avait certainement droit, il serait bon d'aller faire un tour à l'Enfer, histoire de se rendre compte de ce qui s'y passait. Il se présenta donc à l'horrible porte, mais Satan lui fit observer qu'il n'avait pas l'ordre de le recevoir.

— Je ne suis pas venu pour ça, lui dit malicieusement le prêtre, mais seulement pour te proposer une partie de cartes.

— Quel toupet ! répondit le roi des Ténèbres, vouloir jouer aux cartes avec moi : tu es fou !

— Pas du tout, reprit froidement le ci-devant châtelain, et je mets, comme enjeu, mon âme contre une de celles que tu détiens dans ton antre maudit.

— Accepté... Mais je te préviens qu'il n'y en aura pas pour longtemps ; tu dois savoir qu'avec le Diable personne n'a jamais pu gagner, d'autant plus que les cartes sont de mon invention.

— Je ne recule pas, Majesté, répartit Malinier d'un ton sec et ironique.

La partie commença et se continua pendant quelque temps ; nécessairement, notre prêtre gagnait à chaque coup, à tel point, qu'à force de jouer toujours quitte ou double, il était parvenu à faire passer de son côté la moitié des condamnés, qui ne comprenaient rien à cette opération.

— Allons, dit-il en ricanant à Satan qui tempêtait, dernière partie : ou tu te rattrapes ou je dépeuple ton royaume de malheur.

— Assez, rugit Lucifer et hors d'ici : puisque tu as gagné, emmène ton monde ; je reconnais que tu es plus fort que moi.

Prêtre Malinier partit suivi de cette foule énorme, qui était bien contente de se voir tirer des griffes de Satan par une intervention miraculeuse, et se dirigea vers la porte du Paradis où, avec prétention, il frappa un peu fort.

Saint Pierre, en ouvrant, reconnut son ancien hôte du castel du Cians.

— Entre, dit-il, et à ton tour sois le bien venu.

Mais, lorsqu'il vit cette foule interminable qui le suivait, il cria : — Holà ! Malinier, il me semble que...

— Lorsque vous êtes venu chez moi, répondit ce dernier d'un ton presque impérieux, vous étiez douze, et, au lieu de crier, je vous ai très bien reçus.

— Bon ! ça va bien, reprit saint Pierre, presque honteux de son observation.

VI

Pendant qu'un coin du Paradis se remplissait par l'arrivée de Malinier et de son innombrable suite, Satan, furieux, s'était rendu sur le plateau du Cians, et, déchaînant une terrible tempête, dévastait tout, château, terres et jardins : et, pour qu'on parlât toujours de sa furie et de sa vengeance, il traça une grande tranchée dans laquelle roule avec fracas le torrent du Cians, longé par la route qui mène dans les villages pittoresques de Rigaud, Pierlas, Lieuche, Beuil et le Mont-Mounier.

DEUXIÈME LÉGENDE

LES MAISONS NOIRES DE THIÉRY

I

En quittant le château du Cians, où il avait été si bien reçu par Malinier, qui, grâce à saint Pierre, avait été largement récompensé, Jésus-Christ se rendit à Thiéry, charmant pays situé sur un plateau tout entouré de forêts magnifiques, et d'où l'on jouit d'un panorama splendide. Saint Pierre et saint Jean seuls accompagnaient le Divin Maître, les autres apôtres ayant été envoyés en mission dans d'autres pays.

En arrivant à Thiéry, saint Pierre fut surpris de voir, qu'au lieu d'aller dans la plus belle maison du village, son Maître frappa à la porte d'une vieille barraque, presque une masure ; il fit la grimace, car il pensa que la réception serait loin d'égaler celle de la veille.

— Entrez, répondit-on au petit coup donné à l'espèce de porte d'entrée. Double surprise du chef des apôtres quand il entra dans ce taudis mal éclairé par un morceau de bois résineux qui brûlait dans un trou, où l'on voyait en même temps une petite marmite suspendue au-dessus de quatre tisons qui la faisaient difficilement bouillir.

— Bonsoir, bonne vieille, dit Jesus-Christ, nous venons vous demander à souper et à coucher.

— Vous serez bien mal ici, mes bons hommes, répondit la vieille, mais de ce que j'ai, vous pouvez disposer ; c'est offert de bon cœur ; asseyez-vous en attendant sur ces mauvais escabeaux et surtout ayez un peu de patience.

Ceci dit, la vieille alluma un autre morceau de bois gras, ajouta du bouillon dans la marmite, alla chercher dans le grenier des œufs, du jambon et du fromage, et disposa le tout sur une forme de table noire de crasse ; pas de vin mais de la bonne eau fraîche. Pendant le repas de ses hôtes, elle courut dans une petite grange à côté et dans un clin d'œil elle improvisa au mieux un lit avec de la paille et quelques couvertures aussi vieilles qu'elle et aussi rapées que la robe qu'elle portait depuis plusieurs années. Elle conduisit les voyageurs dans cette chambre à coucher, nouveau modèle, leur souhaita bonne nuit. « Et surtout, ajouta-t-elle, ayez soin avant, de vous endormir, de laisser bien éteindre le morceau de bois gras, car, voyez-vous, j'ai toujours peur du feu, à tel point que je rêve souvent que je péris dans un incendie ».

II

Dès qu'ils furent couchés, saint Pierre fit remarquer à son Maître que la bonne vieille méritait bien un sort meilleur et qu'il faudrait...

— Je comprends tes intentions, Pierre ; cette femme a tout ce qu'il lui faut et surtout elle est contente de son sort, *chose rare à constater*. Seulement je te connais têtu et pour que tu ne recommences pas à me raconter un tas d'histoires et à m'exposer une quantité de raisons, je te permets de faire ce que tu voudras.

Saint Pierre remercia et avant de s'endormir réfléchit aux moyens qu'il pouvait employer pour améliorer la situation de son hôtesse. Il se leva le lendemain de bonne heure avant les autres et alla trouver la vieille.

— Nous allons partir, lui dit-il, je vous remercie bien de la façon dont vous nous avez reçus ; je vous prédis une bonne récolte pour l'année prochaine ; si vous avez quelques morceaux de terre semez-y du blé, je vous assure que vous serez contente.

— Que Dieu vous entende répondit la vieille en se signant d'un air contrit.

En effet, au moment de labourer et de semer, tous les habitants de Thiéry vinrent s'offrir pour lui travailler son peu de bien : même le Seigneur du pays lui donna des terres pour rien. A la récolte elle ramassa tant de blé qu'elle ne savait qu'en faire. Les années suivantes ce fut la même chose, à tel point qu'elle avait dû faire construire une énorme grange où elle faisait placer le blé à peine fauché pour le faire battre pendant l'hiver par des ouvriers qu'elle employait.

Comme elle avait changé ! Ce n'était plus la vieille fileuse vivant du produit de sa quenouille ; c'était la plus riche propriétaire des environs. Elle était devenue orgueilleuse et peu commode : mais comme elle était riche, personne n'osait broncher. On dit même que le Seigneur de Thiéry, veuf depuis quelque temps, lui avait proposé de l'épouser, mais elle avait répondu par un non très sec.

III

Une dizaine d'années plus tard, elle vit arriver un soir trois hommes qui, comme la première fois lui demandèrent l'hospitalité. Elle commença par les toiser et avec méfiance, ne se souvenant pas de les avoir jamais vus. Elle était si occupée par ses affaires ! Le lendemain on devait commencer à battre le blé, et, comme elle n'avait pas beaucoup d'ouvriers, elle calcula qu'elle pourrait les embaucher et les faire travailler en les payant peu.

— Je vous reçois, dit-elle d'un ton arrogant et bourru qui scandalisa saint Pierre, pendant que son maître souriait, mais demain matin de bonne heure il faudra se mettre au travail, autrement gare... et en même temps elle montra un bâton.

— Bon, répondit Jésus-Christ, c'est entendu.

Le lendemain à l'aube, saint Pierre, qui craignait que la vieille ne mît ses menaces à exécution fit remarquer à son Maître qu'il valait mieux se lever et donner satisfaction...

— Tu t'inquiètes bien, Pierre, dors et laisse faire.

Au bout d'un moment la porte s'ouvrit et la vieille parut : — Allons vous autres, s'écria-t-elle, debout et au travail autrement...

— Vous voyez, Maître, dit saint Pierre inquiet.

— Je t'ai déjà dit de dormir et de laisser faire, elle ne nous mangera pas.

Quelques instants après la vieille reparut et, sans mot dire envoya un coup de bâton. Saint Pierre, qui se trouvait le plus proche, le reçut en plein.

— Changeons de place, lui dit son Maître, si elle revient nous verrons.

Presque en même temps la terrible mégère reparut et envoya le deuxième coup, qui fut aussi fort que le premier, elle avait tapé au milieu cette fois, ce fut encore saint Pierre qui le reçut.

— Passe dans le coin, dit alors saint Jean, je vais prendre ta place.

La vieille, qui s'impatientait, revint pour la troisième fois et tenant le bâton à deux mains, dirigea son coup dans le coin ce qui fit sauter saint Pierre hors du lit.

Tu es assez payé du bien que tu lui as fait, lui dit doucement son maître : elle a bien changé, n'est-ce pas depuis le temps ! Saint Pierre comprit la leçon.

Comme ils allaient sortir, la vieille reparaissait.

— Ça va bien, dit-elle, je venais voir si vous vouliez continuer à faire les fainéants : vite, au travail ; je ne suis pas obligée de nourrir du monde pour rien.

Arrivés dans le bâtiment plein de blé et où déjà des ouvriers travaillaient, Jésus-Christ demanda à la patronne une chandelle allumée.

— Vous êtes fou, cria-t-elle, vous voulez mettre le feu !

— Apportez-moi une chandelle allumée, vous dis-je.

Le ton doux mais ferme dont ces mots furent prononcés décidèrent la vieille à à apporter ce qu'on lui demandait.

Le Divin Maître introduisit la chandelle dans l'immense tas de blé et aussitôt le grain passa à droite et la paille à gauche. Saint Pierre jubilait, son Dieu avait fait un miracle ; les autres ouvriers étaient stupéfaits ; la vieille ne comprit qu'une chose : à l'avenir, plus besoin de payer des ouvriers pour battre le blé.

L'année suivante, la récolte fut plus abondante que jamais ; une fois la moisson finie et le blé rentré, la vieille renvoya tous les ouvriers. Pour battre le blé une chandelle allumée suffisait ; elle en fit l'essai, mais, cette fois, tout prit feu, et la riche patronne périt dans les flammes comme elle l'avait toujours rêvé.

L'incendie dura plusieurs jours et la fumée noircit toutes les maisons de Thiéry ; c'est pourquoi les habitants furent surnommés les *Tubas*.

Aujourd'hui, plus de traces de ça ; les maisons, bien blanches et bien propres, donnent un bel aspect au village de Thiéry, qui une fois doté d'une route, attirera certainement beaucoup d'excursionnistes.

TROISIÈME LÉGENDE

LE SACHET DE LA VIEILLE

I

Quand un homme, père de quinze enfants, n'a pour toutes ressources que son travail pour nourrir, habiller et entretenir une si nombreuse famille, sa situation devient chaque jour de plus en plus critique et, à la fin, il est poussé au désespoir. Tel était le cas de Peffatel, qui habitait une petite maisonnette à l'entrée des Gorges à l'endroit où se trouve actuellement la halte du Cians. Plus d'une fois il avait eu l'idée d'en finir avec la vie ; mais, laisser sa femme et ses quinze mioches lui donnait à réfléchir.

Un beau matin, avant le jour, il réveilla sa femme et lui dit :

— Ma chère Zitouille, cette vie ne peut pas durer : je viens de faire un beau rêve et j'ai décidé de partir à la recherche de quelque chose qui nous aide dans notre triste position.

— Mais, répondit la pauvre femme, tu vas me laisser seule...

— Sois tranquille, je serai vite de retour : vous avez du pain pour quelques jours : faites comme vous pouvez, je suis décidé et je pars : arrivera ce qui arrivera.

— Puisque tu es décidé, va et reviens vite : que Dieu t'aide !

Après avoir recommandé le silence et le secret à sa chère moitié, il prit du pain pour deux jours et partit sans trop savoir quelle direction prendre. Au bout de deux jours de marche il arriva devant une fontaine qui laissait couler une eau claire et fraîche : mais le malheureux aurait préféré trouver de quoi se remplir le ventre : il n'en pouvait plus : fatigué, mourant de faim, découragé, il s'assit et, regrettant d'avoir quitté son trou de maison, il se faisait des reproches d'avoir abandonné sa famille pour... il ne savait pas quoi.

— Sûrement, se dit-il, je vais mourir ici comme une bête sans même voir mes enfants et ma femme ! Que je suis malheureux !

II

Il y avait un bon moment que Peffatel, se livrant à de tristes réflexions et n'attendant plus que la mort, était assis à la même place, lorsqu'il vit venir une vieille femme avec une cruche pour chercher de l'eau.

— Bonjour, brave homme, dit cette dernière d'un ton doux et affable.

— Bonjour, répondit Peffatel d'une voix bien faible.

— Quel bon vent vous amène dans ce pays ?

— Le vent du malheur ?

— Comment ça ? voulez-vous bien m'expliquer ce que vous voulez dire.

Quoique n'ayant guère envie et très peu de force, le malheureux exposa sa triste situation.

— Allons, bon homme, ayez confiance et reprenez courage ; voici un petit sachet ; lorsque vous voudrez manger vous n'avez qu'à le poser devant vous et dire : — Servez — et aussitôt vous aurez tout ce qu'il vous faut.

Il prit le petit sac, remercia du mieux qu'il pût ; et sans perdre de temps prononça le mot magique ; immédiatement il vit devant lui une table servie et couverte de tout ce qu'il faut pour satisfaire les estomacs les plus délicats et les goûts les plus difficiles. Peffatel se sentit renaître à la vie ; il se mit en devoir de faire honneur au maître d'hôtel inconnu qui le servait comme un grand seigneur digne des plus grands égards. Il ne s'aperçut même pas de la disparition de la bonne vieille, tant il était occupé à garnir son ventre qui gargouillait comme une outre vide.

Une fois qu'il eut terminé son copieux repas, il se sentit mieux et prononça d'une voix devenue forte le mot : Desservez ; pour que tout rentrât dans le précieux sachet, ainsi que le lui avait recommandé la vieille.

— Ma femme et mes enfants vont bien se régaler ; j'ai tout de même bien fait d'aller chercher fortune ; je n'aurai plus qu'à travailler pour les habiller, ce ne sera pas difficile !

Notre homme content de lui-même partit et tout en tirant des plans pendant qu'il marchait, il arriva à la maison où il fit goûter les bonnes choses que contenait le sachet quoiqu'il fut petit et de maigre apparence.

III

Tout marchait bien dans le ménage, les enfants étaient gros et gras et suffisamment bien habillés ; ce n'était plus comme avant de misérables mioches tout morveux et n'ayant que les os et la peau. On se demandait dans le voisinage comment Peffatel pouvait se débrouiller ; on avait essayé de sonder le terrain mais on n'avait rien appris. Une dame, la plus riche du pays en biens et en argent, travaillée par la curiosité, ou pour mieux dire par la jalousie, résolut d'en avoir le cœur net. Comme elle était la marraine d'un des enfants, elle trouva ce prétexte pour rendre visite à sa commère Zitouille. Après les compliments d'usage elle la félicita sur la bonne santé et la belle tenue des enfants. — je ne sais pas, ajouta-t-elle, comment vous pouvez vous en tirer avec une si grande famille ; nous autres nous ne sommes que cinq et nous avons de la peine à joindre les deux bouts.

— Ah ! mais... si vous saviez... mon mari est un dégourdi... dit Zitouille, histoire de piquer un peu la *Riche*, qui autrefois lui avait refusé un peu de crédit, et alors il a su... faire.

— Il travaille et il a toujours travaillé, reprit l'autre, mais avant...

— Avant, chère madame Steccatel, c'était une affaire, à présent c'en est une autre ; avant c'était la misère, à présent c'est l'aisance ; et cela grâce à mon homme.

— Tant mieux ! tant mieux... si vous avez... hérité ?

Zitouille, qui brûlait de lâcher le secret qui l'étouffait, n'y tint plus. — Voilà, dit-elle, mon mari a apporté un petit sachet, et nous n'avons qu'à commander pour être servis comme de grands seigneurs ; avez-vous compris ? Dites à votre mari d'en faire autant.

— Mon mari n'est bon à rien ; et pourtant il me faudrait un sachet comme ça pour le jour du mariage de ma fille. Si vous vouliez me le vendre... je vous le paierai...

— Pas de danger !

— Je vous en donne mille francs ; alors avec une somme pareille vous n'aurez plus besoin de rien faire.

— Zitouille, qui ne savait même pas combien mille francs pouvaient avoir de valeur, hésita un instant, puis, pensant que ce serait une énorme fortune, se laissa faire ; et deux heures après, Mme Steccatel, qui avait couru à la maison chercher mille pièces de vingt sous, emportait chez elle le précieux sachet ; pendant que sa commère était ébahie devant le tas d'argent.

En rentrant le soir Peffatel ne fut guère satisfait de l'échange ; mais devant tant de monnaie, il se figura qu'à l'avenir il n'avait plus qu'à se promener comme un bon bourgeois.

IV

Au bout de deux mois les époux Peffatel constatèrent que les mille francs touchaient à leur fin. Ce fut alors qu'ils s'aperçurent qu'ils avaient fait une mauvaise affaire.

— Je vais repartir se dit notre homme et retourner à la même fontaine ; peut-être que je rapporterai encore quelque chose ; mais alors, celui qui devra y mettre la main dessus !

Le lendemain, par le chemin le plus court, il arriva à la fontaine et s'assit en attendant la vieille. En effet, quelques instants apres celle-ci reparut pour chercher l'eau ; elle vit l'homme et lui posa les mêmes questions auxquelles il répondit d'un air contrit mais un peu honteux.

— Il me semble qu'il n'y a pas longtemps vous êtes venu ici et je vous ai remis un petit sachet.

— C'est vrai, répondit Peffatel, qui avait cru n'être pas reconnu, mais ma femme... Et il raconta franchement l'histoire.

— Vous avez eu tort, brave homme ; pour cette fois passe, en voici un autre ; mais ne revenez plus : ayez-en bien soin, autrement, tant pis pour vous.

— Ma bonne dame, merci, je vous réponds que cette fois c'est moi qui le garderai soigneusement.

La vieille partie, Peffatel, ayant faim, commanda : *Servez ;* aussitôt, de tous côtés, des coups de poings, des coups de pieds de pleuvoir dru comme la grêle sans qu'il put voir d'où ça venait et qui lui administrait ce bon plat. Il se souvint du deuxième mot qui fit rentrer tout dans le sac : il comprit la leçon et pensa que ce tout mauvais sachet pourrait bien avoir du bon.

Arrivé à la maison Zitouille lui demanda des nouvelles :

— Viens, tu verras.

— Je vais appeler les enfants.

— Non, ce n'est pas la peine.

Il enferma sa chère moitié et prononça le mot magique. La pauvre femme criait de toutes ses forces, mais son cruel mari n'avait pas pitié. Enfin, quand il crut qu'elle avait été suffisamment tannée, il fit tout rentrer dans le sac : sa femme était à moitié morte.

— Tu sais, lui dit-il après, tant que tu n'auras pas trouvé le moyen d'avoir l'autre sachet, le bon, je te promets, au lieu de pain, trois de ces raclées par jour.

V

La pauvre Zitouille n'en dormit de toute la nuit ; le matin, de bonne heure, elle s'esquiva, avant que son mari se réveillât, et s'en alla trouver sa chère commère. Celle-ci la reçut très bien et on causa de différentes choses : insensiblement, la conversation en arriva où voulait Mme Peffatel :

— Décidément, dit-elle, mon mari est un homme comme il n'y en a pas un : lorsqu'il veut, il apporte toujours quelque chose d'extraordinaire.

— Oui ? qu'est-ce qu'il a encore trouvé ?

— Cette fois, c'est complet : il a apporté un autre sachet, mais quelle différence avec le premier.

— Et qu'est-ce qu'il y a de plus ?

— Si vous saviez !

— Vous pouvez bien me le dire !

— Dans celui que je vous ai donné il n'y a qu'à manger et à boire ; mais, dans l'autre, il y a de la musique, des chants. Ah ! c'est beau !

— Si j'avais attendu, chère commère, vous m'auriez vendu celui-là, vous en aviez assez de l'autre : c'est justement comme ça qu'il me le faudrait pour le mariage de ma fille... Si vous vouliez... je...

— Je pense que vous en avez assez.

— Je vous donne le vôtre et, encore, mille francs.

— Non ! non ! n'en parlons plus.

La mère Steccatel insista tant et si bien que Zitouille consentit à l'échange moyennant quatre mille francs. A midi, tout était fini et Peffatel trouva que sa femme avait bien profité de la leçon de la veille.

VI

Quelque temps après on célébra le mariage de Mlle Steccatel et, après la cérémonie, en rentrant à la maison, tous les invités furent surpris de ne voir pour tout préparatif que des tables vides :

— Ah ! ça, comment, on n'a encore rien préparé ! Est-ce qu'elle se figure de s'en tirer avec rien, cette vieille avare ? Il faut, même aujourd'hui, qu'elle fasse connaître qu'elle est chiche ! Mais la Steccatel laissa dire : — ils verront bien tout à l'heure ce dont je suis capable !

— Allons, Messieurs, dit-elle, et Mesdames, assayez-vous, et vous allez être servis comme si c'était une Fée ; vous verrez... vous verrez...

Elle apporta le sachet et commanda d'un ton de matrone : *Serrez !*

On servit, en effet : qu'on se figure la scène ! les uns sautaient par les croisées, les autres couraient vers les portes, qui se cachait sous les tables, qui essayait de se défendre : il y eût des bras cassés, des jambes tordues ; de tous côtés, des cris, des plaintes ; les voisins accoururent et reçurent leur part du gâteau. Heureusement que Peffatel arriva à temps et commanda : *Desservez !*

QUATRIÈME LÉGENDE

LE ROI DE LIEUCHE

I

La petite localité de Lieuche est située sur un plateau vers la rive gauche du Cians, en face de Rigaud : autrefois c'était un pays important surtout du temps des seigneurs de Beuil. Bien avant ceux-ci, Lieuche a eu des rois pour le gouverner. A l'époque où se place la légende que nous allons raconter, le souverain avait nom Bouillalmin. Il était déjà âgé de vingt-cinq ans et il ne songeait pas encore à prendre femme, ou, pour mieux se conformer à la légende, il n'en trouvait pas, et cela parce qu'il se tenait mal ; il était toujours sale et mal habillé : il avait horreur de l'eau, de la propreté et du décor qui convient à un roi.

Les habitants de Lieuche la trouvaient mauvaise : aussi ils décidèrent de mettre en demeure leur souverain de se tenir comme il faut, afin de pouvoir trouver une épouse et donner un héritier du trône. En effet, le président des assemblées, (car on se réunit plusieurs fois pour cette grosse affaire), fit ressortir, dans des discours pleins de feu et d'amour pour la patrie, le danger d'une pareille situation pour le présent et spécialement pour l'avenir.

Une délégation fut envoyée à Sa Majesté pour lui faire part de la décision du peuple : rien n'y fit ; il paraît que le sale Bouillalmin envoya promener les délégués et s'adonna encore davantage à ses instincts de malpropreté.

A la fin, le peuple exaspéré, le détrôna et le chassa du territoire. Le malheureux, ne sachant où aller, poussé par le désespoir de sa triste situation, décida de piquer une tête dans le fonds du Cians.

— Je leur ferai payer cher leur façon d'agir, se disait-il, lorsque je serai mort, mes sujets verront bien que je suis plus têtu qu'eux.

II

Arrivé sur le bord du précipice, d'un coup d'œil le ci-devant roi mesura la profondeur de l'abîme; il recula épouvanté et saisi de frayeur à la pensée d'un pareil saut à faire; il s'assit tout tremblant sur une pierre; sa tête dans les mains il se prit à réfléchir.

— Mes sujets ont peut-être raison ; j'aurais bien pu me débarbouiller un peu et m'habiller assez convenablement pour leur donner satisfaction. Si je savais qu'ils me veulent encore je retournerais... mais...

— Votre Majesté semble bien fatiguée, dit une voix derrière lui.

Bouillalmin, tiré de ses réflexions, se retourna vivement et vit devant lui un vieux renard ou plutôt une renarde presque complètement grise, mais à l'œil vif et à l'air dégourdi et malin.

— Qu'est-ce que tu veux toi ? dit notre moitié-roi.

— Calmez-vous, sire, reprit la vieille bête en faisant une profonde révérence ; que votre Majesté me permette de lui faire remarquer que je compatis de bon cœur à ses malheurs, et, si elle y consent, je lui prodiguerai mes meilleures consolations ; et même pourrai-je si elle veut, l'aider à reprendre possession de son royaume et à remonter sur le trône de ses ancêtres, d'où l'a chassée une méchante population qui regrette peut-être son excès de colère. Ce fut dit d'un ton calme, doucereux et insinuant, à tel point que Bouillalmin se sentit réconforté et reprit courage.

— Voyons ce qu'il y a à faire, dit-il.

— C'est bien simple, reprit la rusée, je vais me rendre à Lieuche et j'espère faire revenir votre peuple sur sa décision et, avant ce soir, vous serez, comme avant, le chef vénéré de votre nation ; mais, à une condition : c'est que vous suivrez mes conseils et ferez tout ce que je vous dirai.

— Soit, c'est une affaire entendue, et, si tu réussis, je te promets de me souvenir que tu me rends un grand service en ce moment.

La vieille renarde salua profondément et partit pour remplir son rôle d'ambassadrice.

III

En arrivant à Lieuche elle trouva le pays dans la consternation ; le peuple, repentant, pleurait son roi qui, malgré qu'il fut bien sale, était encore aimé par tous ; on regrettait l'acte imprudent et sacrilège qui allait attirer sur le pays les malédictions et les châtiments du ciel.

Pour conjurer les malheurs à venir, les hommes s'étaient couverts de cendres et les femmes avaient pris les plus vieux habits qu'elles avaient et, à tour de rôle, ils se rendaient à l'église pour prier ; profondément émus, ils se frappaient la poitrine à coups redoublés qui faisaient résonner la voûte du sanctuaire ; ils suppliaient Dieu de leur pardonner leur faute et de leur rendre leur roi, même habillé de chiffons et plus sale qu'avant s'il le fallait ; ils juraient qu'ils ne recommenceraient plus : on respecterait, à l'avenir, la volonté du Souverain, dût-on, pour cela, ramasser tous les haillons pour l'habiller et tout le fumier pour qu'il y couche dessus, si tel était son bon plaisir.

Tout à coup, on entendit crier : « Du nouveau, il y a quelque chose de nouveau, on voit venir un drapeau. »

Tout le monde fut vite réuni sur la place, attendant avec impatience l'approche de ce messager qui allait certainement apporter la bonne nouvelle.

L'envoyée extraordinaire de Bouillalmin, arrivée à cinquante pas, jugea à propos de s'arrêter pour voir quel était l'effet produit par sa venue.

Le peuple, craignant que le messager ne fît demi-tour, se porta en masse au-devant de lui en criant : « Grâce ! pardon ! »

— Si vous venez apporter des nouvelles de notre roi, dit le Président, soyez le bienvenu.

Notre roublard d'animal fit signe qu'il voulait qu'on fît silence.

Immédiatement, hommes et femmes se prosternèrent ventre à terre en criant miséricorde, jusqu'au Président, qui craignait qu'on ne lui fît un mauvais parti et qu'on ne le désignât comme bouc-émissaire, quoiqu'il ne lui fut guère agréable d'engager des pourparlers avec un renard, fût-il le roi des renards.

Ce dernier, jugeant que sa tâche devenait extrêmement facile, en profita pour faire ressortir aux yeux de ce peuple effaré sa valeur personnelle et son intervention efficace.

— Soyez tranquilles et rassurés, votre cause est gagnée : votre roi vous reviendra ; mais il m'a fallu déployer beaucoup de talent pour l'empêcher d'accepter un autre trône qu'on lui offrait ; ça aurait été un grand malheur pour vous, car, immédiatement, ce peuple qui n'a pas de roi, en vous prenant le vôtre, n'avait d'autre but que de vous déclarer la guerre et envahir votre pays. Remerciez la Providence qui s'est servie de mon intermédiaire pour arranger tout. Votre roi rentrera demain ; à vous de le recevoir comme il faut et de le fêter comme il convient. Chacun de vous devra apporter tout ce qu'il a de mieux à la maison pour l'offrir en cadeau à Sa Majesté.

Un cri général d'enthousiasme et de joie parti du cœur sortit des bouches de tous ces paysans qui ne pouvaient croire à leur bonheur. — « Vive le Roi ! Vive le renard, son Ministre ! »

On entoura le plénipotentiaire et on le conduisit à l'église pour y déposer le drapeau comme un trophée de guerre. Aussitôt des femmes, sur l'ordre de la renarde se mirent à préparer deux jolis costumes pour les envoyer au roi, qui voulait, à l'avenir, être richement vêtu et bien pourpré. Prendant ce temps trois ou quatre des plus malins coururent chez eux et apportèrent des coqs et des poules afin de s'attirer la bienveillance du futur conseiller du roi qui trouva ce procédé de son goût et surtout commode pour assouvir son appétit.

IV

Laissant le peuple de Lieuche tout en préparatifs pour la grande fête du lendemain, notre renarde s'en retourna auprès de son futur seigneur et lui remit deux beaux costumes et des provisions de toutes sortes pour tenir jusqu'au jour suivant. Bouillalmin fut tout heureux de la réussite de son ambassadrice et la nomma séance tenante sa conseillère intime.

L'aube du grand jour paraissait à peine que le roi fut réveillé par les soins de son Excellence et soumis à une toilette minutieuse et complète, ce qui l'avait transformé tout à fait. On se mit en route pour Lieuche d'où le peuple était déjà parti en masse pour aller au-devant de Sa Majesté qui fut reçue au milieu des acclamations générales et portée sur une espèce de palanquin dans son palais où tout était en ordre et où l'on voyait entassés les cadeaux de toutes sortes apportés par les paysans, selon les instructions données la veille par la renarde qui, pour sa part, fit une razzia de poules et poulets.

Au bout de trois semaines, Bouillalmin, grâce à l'activité de sa conseillère, épousait une princesse des environs, ce qui combla de joie les habitants du royaume ; ils étaient sûrs désormais que le trône ne resterait pas vacant. La renarde s'occupait de l'administration de l'Etat et les sujets apprirent, à son école, à être malins en affaires et rusés avec leurs voisins des pays limitrophes, à tel point qu'on leur donna le surnom d'*avocats* qu'ils ont encore aujourd'hui.

V

Tout allait bien dans le royaume de Lieuche ; seulement la reine ne se plaisait nullement en compagnie d'une renarde. Tout doucement elle ourdit une conspiration d'accord avec le Président, qui ne demandait pas mieux, et la mort du ministre fut décidée. Le roi prétextant qu'il devait se montrer reconnaissant, commença par s'opposer ; puis adroitement circonvenu par sa chère moitié consentit à laisser faire. La vieille bête, qui ne laissait ni poules ni coqs dans tout le territoire fut prise dans un piège, et, malgré qu'elle fit appel au roi, qui fit semblant de ne pas entendre, fut lapidée et donnée en pâture aux chiens, à la grande joie de tout le pays qui ne demandait pas mieux que d'être délivré du joug imposé par l'animal ministre. Ce fut le Président qui prit la place et les affaires n'en marchèrent pas plus mal.

CINQUIÈME LÉGENDE

LES EXAMENS DE GOUGOURDACE

I

La famille Gougourdace était composée du père, de la mère et de huit enfants, dont quatre garçons et quatre filles ; elle possédait du bien et était la plus aisée du pays. On avait décidé, pour continuer à entretenir la bonne situation de la maison, de faite embrasser la carrière ecclésiastique à deux des garçons, qui, une fois prêtres, auraient aidé à agrandir le patrimoine et à assurer aux autres enfants un bon avenir.

On envoyait l'aîné à l'école chez le curé ; déjà lui-même n'en savait pas long ; en plus son élève semblait vouloir justifier le nom de Gourde d'où était venu celui de Gougourdace, espèce de diminutif dans le mauvais sens.

Tony, (c'était le nom du futur prêtre), travaillait peu et n'écoutait guère les conseils de son maître qui essayait pourtant de lui enseigner le peu qu'il savait lui-même ; il n'avait pas pu s'empêcher de faire remarquer au père de son élève que ce dernier risquait fort de ne pouvoir jamais aborder l'examen que l'on faisait subir aux candidats à la soutane.

Malgré son opposition, le père Gougourdace, décida que son fils se présenterait à la première session ; pour lui, son fils en savait assez pour faire un curé de campagne. Aussi au jour fixé il expédia son Tony à la ville : pour ne pas changer, il l'affubla du costume du pays ; chapeau ras, veste courte et serrée, culottes jusqu'au genou d'où partaient des lanières en cuir cru, qui, après plusieurs tours sur les mollets ajustaient une paire de sandales que l'on appelait dans le pays, des *chambarouns ;* ce qui avait fait donner aux habitants le surnom de *Chambarouniers ;* ils avaient aussi celui de *Flûtaïres* parce qu'ils étaient toujours munis d'une espèce de flûte d'où ils essayaient de tirer des sons aigus et des notes discordantes.

II

Le candidat en question, après avoir traversé les rues de la ville, arriva à l'évêché où devait siéger la commission des examens. L'évêque, assisté de deux chanoines, était installé derrière une table ; on fit avancer Tony, qui excita le rire général par son accoutrement et par la façon brusque dont il s'approcha de la table, qu'il manqua de renverser.

— Comment vous appelez-vous ? interrogea l'Evêque.

— Gougourdace Tony, répondit assez hardiment le montagnard.

— Quel âge avez-vous ?

— Autant que l'âne de mon père.

— Et quel âge a-t-il l'âne de votre père? continua l'examinateur, qui, comme ses deux assesseurs, ne pouvait s'empêcher de rire.

— Il a le même âge que moi, répondit Tony, sans s'émouvoir de l'hilarité générale.

— Puisque vous voulez être prêtre, je vais vous poser quelques questions; dites-moi un peu ; qui était le père des enfants de Zébédée?

— Tony ne sut pas répondre.

— Je vois que vous ne le savez pas; je vais vous demander autre chose : Que veut dire *Agnus Dei?*

— Tony resta muet.

— Vous ne savez rien alors ; *Agnus Dei* veut dire : Agneau de Dieu ; allez étudier vous reviendrez l'année prochaine.

Le jeune Gougourdace s'en retourna triste et penaud, craignant surtout les remontrances de son père et de son professeur.

— Hé ! bien, fils, lui demanda son père, as-tu réussi ?

— Pas moyen, répondit le malheureux, on m'a demandé des choses trop difficiles.

— Et qu'est-ce qu'on t'a demandé ?

— Qui était le père des fils de Zébédée.

— Et tu n'as pas su ça ; mais ce n'est pas difficile ; écoute bien : tu vois notre chienne Racane, si on te demandait quelle est la mère des petits de Racane ?

— Oh ! mais ça je le sais : c'est Racane.

— C'est la même chose ; allons, travaille encore cette année et puis tu réussiras au prochain examen.

III

Au bout d'un an, revêtu du même costume et sans en savoir guère plus que la première fois, Tony se représenta devant les examinateurs, les mêmes que l'année précédente.

— Hé bien, lui dit l'Evêque, vous devez avoir bien travaillé, et, sûrement, vous en saurez assez pour répondre ; voyons, qui était le père des enfants de Zébédée ?

— Racane, répondit carrément Tony.

— Qu'est-ce que c'est ça, Racane ?

— C'est notre chienne ; mon père m'a enseigné ainsi.

— Passons à la deuxième question : Que veut dire : *Agnus Dei ?*

— Mouton de Dieu.

— Comment, je vous ai dit l'année dernière que cela voulait dire : Agneau de Dieu.

— Oui, mais maintenant il y a un an, et un agneau d'un an on l'appelle mouton.

— Allez-vous en travailler, vous reviendrez l'année prochaine ; je vous préviens que ce sera la dernière fois.

Tony s'en retourna encore bredouille, sans toutefois se faire de mauvais sang : il était habitué aux échecs. Son père insista pour le troisième examen ; — d'ailleurs, dit-il, je m'arrangerai pour que l'on te reçoive.

IV

Deux jours avant la dernière épreuve, le père Gougourdace prit deux sacs, y mit un jambon, deux douzaines de gros navets, un pot de miel et deux grosses gourdes de vin fabriqué par lui et, après avoir chargé l'âne, partit avec son fils. Il se présenta chez le chanoine Marcalou, à qui il offrit les cadeaux.

— *Quid est Hoc ?* demanda le chanoine ?

— Ce n'est pas un Stoc, répondit le vieux, qui ne comprenait pas plus le latin que son fils, ce sont des cadeaux que je vous apporte pour que vous fassiez réussir mon fils à l'examen.

— Mais, mon ami, répondit Marcalou, votre fils sera capable cette fois ; néanmoins, dites-lui que, lorsqu'il subira l'examen, qu'il me regarde toujours : s'il se trompe, je lui ferai signe, et il pourra changer la réponse.

Le lendemain, l'Evêque, après avoir fait des compliments au candidat sur sa persévérance, lui demanda : — Que veut dire : *Passus sub Pontio Pilato ?*

— A passé sous le pont de Pilate, répondit Tony en regardant son protecteur, qui lui fit signe qu'il se trompait.

— Non, non, reprit-il alors, ça veut dire : A passé sur le Pont de Pilate.

Même signe du chanoine.

— Comment ? répliqua Tony, ahuri, il faut qu'il ait passé dessus ou dessous.

— Allez-vous-en, dit l'Evêque d'un ton sec, vous êtes ignorant et bête comme l'âne de votre père.

A cette injure, Tony et son père bondirent et renversèrent la table et les trois examinateurs. On dut recourir à la force publique pour maintenir les deux forcenés.

— Au moins, qu'on me rende mes cadeaux, gémit le père !

Dans le pays on apprit l'exploit des Gougourdace et on les surnomma : Boursa-bon-Diou. Ce surnom s'appliqua plus tard à tous les habitants de Pierlas, lieu natal de l'illustre famille de Tony Gougourdace. Même de nos jours, on appelle les Pierlassais : Chambarouniers, Flutaïres et Boursa-bon-Diou.

SIXIÈME LÉGENDE

JE SUIS JOSEPH

I

Joseph Pivin était maçon et habitait le village d'Honse ; jamais il ne manquait de travail parce qu'il était bon ouvrier et, surtout n'aimait pas à flaner. Aussi, non seulement dans son pays, mais dans tous les environs, on le recherchait, car on était certain que le travail qu'on lui confiait était exécuté consciencieusement et qu'on n'avait jamais d'observations à lui faire.

Il possédait, outre sa maison et quelques biens, une somme de deux mille francs, représentant le fruit de ses économies. En allant assez souvent dans un village limitrophe, il fit connaissance d'une femme, âgée de vingt-cinq ans, très jolie, mais d'une conduite plus ou moins régulière, tellement que, lorsqu'on apprit que Pivin voulait l'épouser, on ne manqua pas de l'avertir et de lui faire connaître le passé peu honnête de sa future.

Culinette (c'était le nom de la belle), en avait fait des siennes depuis l'âge de dix-sept ans ; mais elle était si jolie et coquette que le malheureux Pivin Joseph s'était senti épris et voulait l'épouser à tout prix ; tant pis si le monde le critiquait, d'autant plus que sa prétendue, à qui il avait répété tout ce qu'on lui avait raconté sur son compte, avait avoué franchement et en même temps avait juré, qu'à l'avenir, elle serait le modèle des épouses fidèles. Après cela, si Pivin avait pu encore hésiter, il se décida net, précipita le jour des noces et dépensa beaucoup d'argent pour fêter dignement son bonheur sans nullement s'inquiéter des quolibets des assistants. On lui en lançait de toutes sortes, entre autres, un vieillard sans gêne, lui envoya le compliment suivant :

— Tu sais, ta Culinette a déjà eu deux enfants qui sont venus au monde tout nus : tâche de les avoir dans d'autres conditions. Pivin ne comprit pas l'allusion et demanda des explications : il apprit alors que son épouse avait accouché deux fois et que les enfants étaient morts tout jeunes. Ça mit un peu d'ombre au tableau, mais madame sut tellement le caresser qu'il oublia tout.

II

Après un an notre Pivin avait pu se rendre compte que sa femme tenait parole. Mais qui a bu boira, dit le proverbe, et Culinette, s'étant aperçue qu'elle avait gagné complètement la confiance de son Joseph, reprit secrètement ses anciennes relations avec un jeune homme du pays, riche et beau, qui s'était tenu à l'écart pendant quelque temps, mais qui prétendait que Pivin seul ne devait pas profiter des charmes de sa femme, qui se faisait de plus en plus belle, et sur laquelle il disait avoir certains droits parce qu'il l'avait connue et possédée avant lui.

Un jour que Pivin, parti pour le village de Clans afin d'y travailler, au moment de commencer, s'aperçut qu'il avait oublié sa truelle ; il fut obligé de rentrer le soir à la maison. Culinette, croyant que son mari ne rentrerait pas de huit jours, comme il le lui avait dit, avait invité son amant à venir manger des baignets. Au moment où les deux amoureux se croyaient seuls, on frappa à la porte. — Qui est là ? demanda Culinette contrariée.

— Comment tu demandes qui je suis ? répondit Pivin d'un ton doucereux.

— Sûrement, avant d'ouvrir je veux savoir qui vous êtes, dit-elle, histoire de gagner du temps pour sauver la situation.

— Mais c'est moi Joseph, ton mari.

— Ce n'est pas vrai, menteur, mauvais sujet que vous êtes, Joseph est à Clans ; vous voulez me tromper, mais je n'ouvre pas ; allez-vous en, autrement...

— Voyons je t'affirme que je suis Joseph.

— Ce n'est pas vrai.

— Diable ! elle ne me reconnait pas ; elle dit que je ne suis pas Joseph !

— Non, je vous dis, allez-vous en.

— Elle est forte celle-là ! moi je dis que je suis Joseph, je me connais bien, et elle soutient que non ; je m'en vais trouver M. le curé ; vous verrons qui aura raison, il me dira si je suis Joseph ou non.

Il partit au presbytère, pendant que sa femme, qui l'entendait s'éloigner, fit sortir son amant et remit tout en ordre.

— Bonsoir, M. le Curé, dit Pivin en entrant chez le prêtre ; il m'en arrive une belle ce soir ; je viens du travail, j'appelle ma femme pour qu'elle m'ouvre et elle répond qu'elle ne me reconnait pas, que je suis un menteur, un mauvais sujet et que je ne suis pas Joseph, alors je suis venu voir pour que vous me disiez si réellement je suis Joseph et que vous me donniez un conseil.

— Certainement, répondit le Curé en riant, tu es Joseph, et bien Joseph : seulement tu n'as pas compris que ta femme l'a fait exprès, parce qu'elle avait l'amant à la maison.

— Possible !

— C'est certain.

— Elle m'a juré que jamais plus...

— Bah ! farceur, serment de femme ! Peuh !

— Alors...

— Alors... tu es Joseph.

— Qu'est-ce qu'il faut faire ?

— Retourne à la maison tu verras que ta femme, cette fois te reconnaîtra et ouvrira la porte ; elle a eu le temps de faire sortir son amant ; fais-lui peur et au besoin, ce qui serait mieux, flanque-lui une bonne distribution.

— Vous avez raison, merci monsieur le Curé.

Il revint en courant et frappa bien fort à la porte.

— Qui est là ? demanda Culinette qui s'y attendait.

— C'est moi Joseph M. le Curé l'a dit.

— Je vais ouvrir.

— Tu ouvres à présent hein ! Tu reconnais ton Joseph cette fois, hein ! Pourquoi n'as-tu pas ouvert l'autre fois, hein ?

— Parce que je ne vous ai pas reconnu.

— C'est parce que tu avais ton amant, M. le Curé l'a dit ; il m'a conseillé de te battre ou de te faire peur, choisis, veux-tu que je te batte ou que je te fasse peur ?

— Mais... je n'ai rien fait.

— Je dis que oui.

— Alors... faites-moi... un peu... peur, mais peu. Pivin porta ses deux mains à la figure et s'avançant sur sa femme cria de toutes ses forces... Sept ?

— Aïe, mon Dieu ! quelle peur ! cria Culinette, et en même temps se laissa tomber par terre, comme si elle était évanouie.

— Culinette, ma femme, s'écria inquiet Pivin, n'aie pas peur, je suis Joseph. Je ne te ferai plus peur, va ; regarde je suis Joseph.

Après quelques instants, Culinette faisant semblant de reprendre connaissance, — vous m'avez bien fait peur... Oui je vous reconnais maintenant, vous êtes bien Joseph... ajouta-t-elle d'une voix qu'elle s'efforçait de rendre faible et en riant en elle-même de la mine confite de Pivin.

— Voyez-vous M. le Curé, disait-il le lendemain, elle en est encore malade ; si par malheur, au lieu de crier *sept*, j'avais crié *huit*, je l'aurai tuée net.

SEPTIÈME LÉGENDE

HONNEUR A L'ÉTRANGER

I

Dans le village de Touët-de-Beuil il y avait autrefois un jeune homme, âgé de vingt ans, de belle taille, bien bâti, et possédant, en outre, un caractère avenant qui lui attirait facilement les sympathies, non seulement de ses compatriotes, mais aussi de tous les habitants des villages environnants qu'il parcourait très souvent pour y faire du commerce. En dehors de ce qu'il gagnait par son travail assidu et par son savoir-faire, il ne possédait rien qu'un petit trou de maison qu'il habitait seul depuis trois ans que ses parents étaient morts. On disait dans le pays : — Il a de l'œil et connaît très bien son affaire. On prétendait même qu'il avait de la monnaie ; d'ailleurs, il était très économe et actif : deux qualités qui lui attiraient, d'un côté, la jalousie des autres jeunes gens du village, et, de l'autre, l'estime des pères et mères de famille et, notamment, des jeunes filles qui, toutes, le trouvaient doué de tout ce qu'il faut pour faire un bon mari : elles ne se gênaient pas pour le lui faire comprendre et c'était à qui le mieux pouvait s'ingénier à lui plaire et le gagner.

II

En effet, Pamaraut (c'est ainsi qu'il s'appelait), tout en faisant de bonnes manières à toutes les jeunes filles, s'était emmouraché d'une nommée Brésilia, qui avait à peu-près son âge et qui, jolie et charmante, passait pour être sage, honnête et laborieuse ; elle était comme son prétendu, pauvre, quoique ayant encore ses parents.

Il fut convenu entre les deux amoureux et tout à fait secrètement qu'on se marierait dans un an ; Pamaraut devait partir pour faire une grande tournée commerciale afin d'agrandir son fonds de commerce, s'acheter ou faire construire une petite maison et se procurer le nécessaire pour monter un bon ménage.

— Je resterai un an absent, dit-il à Brésilia, jure-moi que tu tiendras ta promesse et que tu m'attendras sans faute.

— Je te le jure, répondit d'un ton ferme la jeune fille toute joyeuse, mais toi, est-ce que tu...

— Moi, je n'ai qu'une parole, répliqua Pamaraut.

Il partit ayant en tête de revenir avec beaucoup d'argent, très heureux du serment de sa charmante future.

III

Au bout de huit ou dix mois, un nommé Paillard, habitant le village d'Auvare et qui connaissait les parents de Brésilia, arriva pour leur rendre visite. C'était un homme d'une quarantaine d'années, bon propriétaire et coté dans son pays comme ayant de quoi. Seulement, il était un peu simplice et, comme on dirait aujourd'hui, il avait passé à la poste et à l'enregistrement où on l'avait timbré.

Tout en causant de différentes affaires, on parla mariage, tant et si bien qu'il demanda la jeune fille. Les parents, heureux de s'allier avec un homme qui avait du bien et qui, par conséquent, sous ce rapport, méritait de la considération, consentirent de suite sans même demander l'avis de leur fille. Celle-ci déclara net qu'elle ne voulait pas se marier ; elle pleura, cria, menaça de se tuer, fit même de mauvaises manières à Paillard, mais rien ne valut : les parents la forcèrent à épouser le vieux garçon. Tout ce qu'elle put obtenir, ce fut de prolonger la date du mariage jusqu'au jour fixé pour le retour de Pamaraut. Celui-ci avait fini sa tournée ; néanmoins, il fut en retard d'un jour, il arriva deux heures après le mariage et lorsque les époux étaient déja partis pour Auvare, où Paillard devait donner le soir un grand repas à ses parents et amis ; aucun des parents de l'épouse ne l'avait accompagnée.

IV

Pamaraut rentrait et, deux kilomètres avant d'arriver, il rencontra un paysan à qui il demanda ce qu'il y avait de nouveau. Celui-ci, ne se doutant de rien, annonça le mariage de Brésilia, que les parents avaient forcé à épouser Paillard.

Pamaraut pâlit, puis, sans rien dire, monta sur sa mule et fila en toute hâte pour Auvare, où il arriva de nuit et au moment où on allait se mettre à table chez Paillard, qui rayonnait de joie et de bonheur à côté de la charmante Brésilia qui le regardait d'un œil dur et larmoyant. Dès qu'entra son premier et unique amoureux, elle comprit à un signe de celui-ci qu'elle ne devait rien dire et laisser faire.

— Bonsoir à la compagnie, dit le malheureux Pamaraut, que personne ne connaissait et, surtout, bonheur et chance aux nouveaux époux. Je suis étranger et, comme il faisait nuit, je me suis égaré ; j'ai pensé que le maître de la maison, en un pareil jour, ne me refuserait pas l'hospitalité.

— Vous avez bien fait, répondit Paillard, les étrangers sont toujours les bien venus chez moi, particulièrement aujourd'hui, recevoir un voyageur égaré c'est un grand plaisir pour moi, ça me portera bonheur ! Allons, tout le monde à table ; venez, monsieur l'étranger, vous asseoir à côté de l'épouse... A table et honneur à l'étranger !...

V

Pamaraut ne se fit pas répéter l'invitation et s'installa près de Brésilia, à qui il serra la main par-dessous la table. On mangea bien et surtout on but beaucoup en portant la santé des époux. Il était déjà assez tard quand on se leva de table ; les invités se retirèrent les uns après les autres afin de laisser les époux tranquilles. Il ne resta plus à la fin que l'étranger, qui devait loger à la maison, et un ami intime de l'époux, un certain Fourrenez, qui jouait auprès de Paillard le rôle de conseiller et de parasite.

— Alors, monsieur l'étranger, vous êtes content d'être des nôtres ce soir, interrogea Paillard prenant un air de demi-seigneur.

— Très content et très satisfait, répondit Pamaraut d'un air triste et rêveur ; car il songeait que le moment s'approchait où sa chère Brésilia allait se trouver forcée d'être définitivement la femme d'un autre que lui. Des idées sinistres passaient dans son cerveau ; il essayait de tirer un plan pour sauver sa bien-aimée, lorsque Paillard lui demanda.

— A propos, monsieur l'étranger, si vous ne voyez pas d'indiscrétion, je serais heureux de savoir de quel pays vous êtes et quel est votre nom.

— Mon pays, répondit l'autre, est bien loin d'ici, il est plus près de l'enfer que du paradis ; quant à mon nom il est si vilain que je n'ose pas vous le dire.

— Qu'est-ce que ça y fait? dites tout de même ; ça ne vous fera pas pousser des cornes sur la tête, répliqua Paillard, qui se figura avoir parlé avec esprit.

— Si vous y tenez, répondit Pamaraud, je vous le dirai, mais vous verrez que c'est un drôle de nom ; on m'appelle Giargastrol.

— Un drôle de nom, dit Fourrenez, qui venait de boire une lampée ; oui drôle, drôle ; jamais je ne pourrai le retenir. En attendant, continua-t-il en clignant malicieusement l'œil, bonne nuit, madame, bonne nuit vous autres, à demain.

Une fois ce dernier parti, Paillard s'adressa encore à l'étranger :

— Dites un peu, monsieur Barbastrol, Arcastrol, comment donc votre nom?

— Giargastrol ?

— Ah! oui monsieur Giargastrol, êtes-vous venu à pied ou à cheval ?

— J'avais une mule mais je l'ai laissée dehors ne sachant où la remiser.

— Pauvre bête ! elle ne peut pas rester ainsi... et... et il me faudra aller la remiser moi-même, lui donner à manger, la faire boire : .. oui... oui on ne peut pas laisser cette malheureuse bête comme ça... seulement... voilà... voilà ce qu'il faut faire; vous allez descendre avec moi, vous fermerez la porte en dedans et lorsque j'aurai terminé je viendrai et vous m'ouvrirez, mais il faudra faire attention que ce soit moi, parce que. . je vais... vous dire... les gens du pays... hein !... je les connais... pourraient essayer de me faire quelque farce, et, alors, pour cela, il faut se méfier. Pour être plus sûr, comme il n'y a que moi qui connais votre nom vous n'ouvrirez que si je vous appelle par votre vrai nom. Est-ce entendu ? Je compte sur votre parole.

— Entendu, répondit Pamaraud, qui ne se serait jamais douté que l'affaire dût tourner si bien.

— Alors, à tout à l'heure, Monsieur B... Balastrol.

— Non, Giargastrol... n'oubliez pas.

— Pour ne pas oublier, je vais répéter votre nom jusqu'à ce que je revienne. Venez, fermez bien, et attention à notre convention.

VI

Paillard alla chercher la mule, la fit boire, la mena à l'écurie qui se trouvait à une centaine de mètres, lui donna du fourrage, toujours en répétant le nom de Giargastrol. A un moment donné, comme il retournait, sa lanterne s'éteignit, et, quelques pas plus loin, il piqua du nez contre le mur, ce qui le fit saigner et oublier de répéter le nom. A force de tâtonner, il arriva devant sa porte. — Eh ? Barlustron, ouvrez, c'est moi, cria-t-il.

Au bout d'un moment, voyant qu'on n'ouvrait pas :

— Diable ! se dit-il, je parie que j'ai oublié le nom, et, dans ce cas, sûrement, il ne m'ouvre pas : nous avons ainsi convenu et il tiendra parole ; je vais encore essayer d'appeler, peut-être, en reconnaissant ma voix... Barlastrol, Caillastrol ! Ohé !... l'étranger qui est logé chez moi ?

— Il ne répond pas, ça prouve que j'ai oublié le vrai nom. Comment faire ? Il vaut mieux que j'aille trouver compère Fourrenez, qui a bonne mémoire, il me le dira.

Là-dessus, il partit et alla frapper à la porte de son conseiller qui, à force de bruit, se réveilla. — Qui est là ? cria-t-il.

— C'est moi, votre compère, ouvrez vite.

— Diable ! se dit Fourrenez, il faut qu'il soit arrivé un malheur pour qu'il vienne frapper à cette heure... en pareille circonstance... la première nuit de ses noces.

Il courut vite, en chemise, ouvrir et savoir ce qu'il y avait.

— Cher compère !... mais, qu'est-ce qu'il vous arrive ? Comment, vous avez du sang à la figure ?... Est-ce que, par hasard, Madame ?...

— Non... non, rien de grave, je vais vous dire.

Et il raconta sa mésaventure.

— Triple cruche que vous êtes!... Comment le soir de votre mariage vous allez faire de pareilles sottises?... Vous laissez votre femme... avec un individu que vous ne connaissez pas... Triple, quadruple cruche! Cruchon!

— Allons, cher compère, ne criez pas et surtout ne soupçonnez pas l'étranger; c'est un honnête homme; il tient parole. Honneur à l'étranger!

— Honneur au diable qui vous emporte! Vous mériteriez des coups de bâtons; allez-vous en et ne venez pas me réveiller pour de pareilles histoires.

— Je vais m'en aller, cher compère, mais dites-moi le nom autrement il n'ouvre pas; je vous promets deux litres de vin blanc et une livre de jambon.

— Il s'appelle Giargastrol, maintenant partez et tâchez de ne pas oublier, car si vous revenez, gare...

Il partit en répétant vite le nom terrible. A mi-chemin un chat, qui voulait probablement traverser, lui passa entre les jambes et le fit tomber tout de son long. Après nombre de malédictions adressées au chat, il se releva et se mit à marcher en boîtant; il s'avisa alors qu'il avait négligé de répéter le nom et qu'il ne s'en souvenait plus.

— C'est ça qui est embêtant! Comment faire? se dit-il, je vais essayer de l'appeler: — Ohé! Pouillastrol, ouvrez, c'est moi Paillard, le nouveau marié d'aujourd'hui. — Inutile d'appeler, il ne répond pas: encore une fois j'ai oublié le nom: un drôle de nom tout de même! c'est que... Comment faire? retourner chez mon compère!... Hum!... Il ne me reste qu'à aller coucher à l'écurie avec la mule de .. de l'étranger. Demain matin il ouvrira et alors je rentrerai chez moi.

Ainsi fit notre Paillard. Pendant ce temps, Pamaraut et Brésilia étaient restés seuls; mais la légende a oublié de dire ce qu'ils firent!!!...

VII

Vers les sept heures du matin, Paillard se réveilla tout transi de froid et retourna à la maison, qui n'était pas encore ouverte; il paraît que Pamaraut n'était pas pressé. Enfin, vers dix heures, ne pouvant plus dormir, l'étranger se mit à la fenêtre et, ayant vu son hôte promener sur la place, descendit ouvrir la porte.

— J'ai appelé plusieurs fois cette nuit, dit-il presque timidement, mais vous n'avez pas ouvert: vous dormiez peut-être et, alors...

— Non... J'ai bien entendu, répondit Pamaraut, mais vous n'appeliez pas par le vrai nom comme nous avions convenu.

— Vous avez raison, je l'avais oublié; je vois que vous êtes un homme de parole. Pour vous montrer que je sais connaître quand un homme a du mérite, nous allons faire la fête avant votre départ.

A ce moment parut Fourrenez, qui sourit sarcastiquement; on se mit à table et on fêta la loyauté de Pamaraut; Paillard, un peu gris, criait à chaque instant: « Honneur à l'étranger », qui profita d'un moment d'inattention pour se sauver avec la belle Brésilia.

HUITIÈME LÉGENDE

LA FÉE DE NOËL

I

Le village de Rigaud, situé sur la rive droite du Cians, est un des plus anciens et mérite d'être visité par les nombreux touristes qui circulent dans les Gorges. Une route carrossable arrive jusque sur la grande place, située au centre du pays, où l'on voit les ruines de l'ancien château des Grimaldi. C'est à Rigaud que s'est passée, en l'an 1130, la petite histoire que nous allons raconter.

Le soir de la veille de Noël, trois sœurs, que l'on appelait dans le pays les *Mariottes*, étaient assises devant une grande cheminée dans laquelle brûlait la grosse bûche traditionnelle : chacune d'elle filait la quenouille et, toutes les trois, pendant que le fuseau tournait lestement, faisaient travailler leur langue et discutaient sur le sujet habituel de leur conversation qui, souvent, dégénérait en querelle.

L'aînée, Polifeme, âgée de trente-cinq ans, était, selon les usages du pays, la maîtresse absolue de tout le bien qu'avaient laissé leurs parents et dirigeait, à son gré, le train de maison, en suivant, toutefois, les conseils du curé de la paroisse, qui avait depuis longtemps endoctriné sa pénitente et lui avait fait comprendre qu'il valait mieux rester vieille fille que de se marier. Mais, depuis quelque temps, elle regrettait d'avoir suivi les conseils de messire Curé et d'avoir consenti à coiffer Sainte-Catherine, et ne se gênait pas pour faire comprendre que, si l'occasion se présentait, elle n'hésiterait pas à contracter mariage et, s'il le fallait, à envoyer même son bonnet par-dessus les moulins. Seulement, personne ne la demandait et c'est ce qui la mettait souvent en colère et continuellement de mauvaise humeur.

La seconde, Phrigie, âgée de vingt-sept ans, se soumettait aux ordres de son aînée, et, tout en maugréant contre le sort qui l'avait placée sous sa domination, essayait de ne pas trop la brusquer et de satisfaire ses caprices ; elle se voyait, quoique à contre-cœur, destinée au célibat.

La troisième Tiphorine, belle et gentille comme pas une dans le pays, courtisée par les plus beaux garçons du village, ce qui faisait enrager ses sœurs, à peine âgée de dix-huit ans, avait commencé, dès la mort de ses parents, à faire comprendre à ses sœurs et surtout à l'aînée, qu'elle n'entendait nullement se soumettre aux caprices de personne et encore moins aux insinuations du curé. Elle accusait ouvertement le sort de l'avoir fait naître la dernière et trouvait que c'était un triste usage que l'aînée dût posséder tout et régner en souveraine sur les autres. C'était le sujet des discussions continuelles et elle avait fini par déclarer nettement à son aînée que, si elle l'embêtait trop, elle n'aurait pas crainte de se révolter complètement et de faire usage du premier instrument qui lui tomberait sous la main, même contre le curé s'il s'avisait jamais de vouloir intervenir.

II

Ce soir la discussion était très animée, à tel point que Tiphorine allait mettre ses menaces à exécution, lorsqu'on frappa à la porte.

— Entrez, cria l'aînée. — La porte s'ouvrit et une dame bien mise et de belles allures entra. — Bonsoir, les enfants, dit-elle, je viens vous informer que chacune de vous peut demander une faveur, qui lui sera immédiatement accordée ; vous avez une demi-heure pour réfléchir ; — et elle s'assit sans plus rien dire, attendant les demandes des trois sœurs.

Après un moment d'étonnement, l'aînée, revenue de sa surprise donna un coup d'œil... — Ah ! dit-elle, ce soir nous devons aller à la messe, comme il fait noir et que nous n'avons pas de lanterne, j'en demande une,... la lanterne se trouva immédiatement sur la table.

— Imbécile, vociféra Phrygie, tu n'avais pas quelque chose de mieux à demander ? je voudrais que ta lanterne te soit pendue au nez. Et aussitôt la lanterne fut accrochée au nez de Polifème qui se mit à crier et à pleurer en se voyant dans un pareil état, pendant que sa sœur était étourdie de sa demande si vite exaucée.

— Oh ! oh ! pensa la plus jeune, voilà quelque chose de bien pour moi !... M'est avis que je vais tirer un bon parti de la situation... Et pouffant de rire... — pas mal travaillé vous autres !... Tu marques bien chère aînée, avec ton lampion au bout du nez... tu es sûre d'y voir toujours clair. Oh ! là là là !

— Vite cria la malheureuse en mal de lanterne, allez chercher Monsieur le Curé ; qu'il vienne m'enlever ça.

Phrygie courut au presbytère pendant que Tiphorine continuait à narguer sa sœur qui écumait de rage.

Le curé arriva en courant, la serviette encore au cou et la bouche pleine, (il était en train de réveillonner).

— *Pax vobis !* dit-il en entrant, qu'est-ce que je vois... Dieu... Jésus !... Qu'est-ce cela ! *Oremus !*

— Monsieur le Curé... voyez... voyez... cria l'aînée... Faites un miracle pour m'enlever ça.

— Mais... mais... comment, diable, cela est-il arrivé ?

On raconta l'aventure.

— C'est bien simple, reprit le prêtre, Tiphorine, ma chère enfant, brave Tiphorine... il faut...

— Pas de danger, répondit vivement celle-ci, vous voudriez que je sois aussi bête qu'elles... non... non... Je ne le ferai pas.

— Mais...

— Il n'y a pas de mais qui tienne !

— Voyons, brave Tiphorine, tu ne voudrais pas laisser ta sœur dans cet état?

— Hé... bien... je consens, mais à la condition que mes sœurs renonceront, pour toujours, en ma faveur à leurs droits et que je deviendrai la maîtrese absolue de tout. En un mot je veux tous les droits de l'aînée ; autrement...

— Autrement ?... dirent en même temps le curé et les deux sœurs.

— Autrement je demanderai ce que je voudrai et ma sœur gardera la lanterne au nez.

— Non, non, cria l'autre, je consens à tout.

On prépara vite un acte et l'aînée jura sur les livres saints qu'elle cédait sa place à sa sœur.

— Et surtout tâche de filer droit, dit Tiphorine, sans cela gare...

Quinze jours après le curé bénissait le mariage de Tiphorine avec le beau Nériné et il ajouta à la fin de son discours

— L'Evangile sera toujours vrai, car il dit : *Les premiers seront les derniers et les derniers seront les premiers.*

NEUVIÈME LÉGENDE

LA MORT EN PRISON

I

Beuil est certainement un des sites les plus beaux et les plus pittoresques de la montagne : situé au centre du magnifique plateau de Beuil il occupe une situation superbe et qui attire de nombreux touristes dont plusieurs, enchantés de son bon climat, y passent l'été.

En descendant du chemin de fer à la halte du Cians ou à Touët-de-Beuil on suit la route sur une longueur de vingt-trois kilomètres, en traversant les gorges inférieures et supérieures du Cians. Au bout de ces dernières se trouve le village assis sur un mamelon d'où l'on jouit d'un coup d'œil splendide : à droite et à gauche on ne voit que de riantes prairies et de belles forêts. Aussi Beuil est devenu une station estivale très fréquentée : le nombre des étrangers va en augmentant : d'autant plus qu'on y trouve tout le confortable nécessaire. Les hôtels, notamment l'hôtel Millo et Faraut ont fait tout leur possible pour se mettre à la hauteur des exigences modernes.

C'est à Beuil au dixième siècle que s'est passé l'histoire que nous allons raconter.

A cette époque vivait un nommé Poulinard, qui, au moment où commence notre récit venait d'être père de son treizième enfant. Les autres douze étaient tous vivants, bien portants et ne demandaient que beaucoup de pain à manger. Depuis huit jours que l'enfant était au monde, Poulinard n'avait pas encore pu le faire baptiser, et cela parce qu'aucune femme ne voulait servir de marraine ; d'abord les marraines des autres se voyaient obligées, d'accord avec les parrains, de subvenir aux besoins multiples de la grosse famille ; ensuite c'était le treizième enfant ; or, à cette époque le chiffre 13 était fatidique.

Notre homme avait bien déniché un parrain, mais pas moyen de convaincre, fût-ce la dernière des paysannes, d'accepter l'honneur qu'il proposait en employant toutes sortes de belles manières et en faisant valoir les raisonnements les plus probants et les plus persuasifs ; car il est bon de savoir que Poulinard possédait une certaine instruction et une grande facilité de parole : mais à cause de son peu de fortune et de sa situation miséreuse, on commençait à ne plus vouloir entretenir des relations avec lui. — Après tout, disait-on pourquoi faire tant d'enfants quand on n'a pas de quoi les nourrir.

Holà ! se dit un jour Poulinard, on se figure de me mettre dans l'embarras... non par exemple ! Je vais faire voir à tous ces ignorants et à toutes ces paysannes superstitieuses que je saurai me débrouiller. Malgré tout il me faut une marraine pour mon treizième ; on prétend, est-ce bête ? que le numéro 13 me portera malheur, et moi j'ai dans l'idée qu'il sera la cause de ma fortune, nous verrons.

II

Poulinard partit pour aller dans un village voisin afin d'y dénicher une marraine. En traversant les fameuses Gorges il fit, à un moment donné, malgré lui, un écart et manqua de rouler dans un précipice ; il venait de se trouver face à face avec la Mort.

— Allons, brave homme, dit celle-ci d'un ton doux, quoique ce ne soit pas son habitude, je vous fais donc bien peur... encore un peu et vous vous cassiez le cou.

— C'est que... balbutia le malheureux tout tremblant...

— Je comprends, répondit-elle, j'ai une mine qui... hélas... depuis que j'eus la bêtise de me faire rouler par Malinier... Je ne puis que faire peur ; mais tranquillisez-vous, ce n'est pas pour vous que je viens aujourd'hui dans ces parages ; au contraire je puis vous assurer que, de longtemps, je ne vous ferai pas de mal. Dites-moi un peu, où allez-vous comme ça ?

— Je puis vous le dire, répondit Poulinard rassuré et remis de sa peur.

Et il raconta son affaire à la terrible exécutrice de l'humanité.

— Tiens, dit celle-ci, faites une chose, sans aller plus loin, prenez-moi pour marraine.

— Ah !... s'écria l'autre malgré lui.

— Je comprends votre situation... La Mort marraine de votre enfant... Pourtant il n'y a rien d'extraordinaire. Faites ce que je vous dis et vous verrez qu'avec moi, je ferai rentrer la fortune dans votre maison.

— Après tout, reprit Poulinard poussé par une inspiration subite, on dira ce que l'on voudra, je m'en moque ; en route, chère Commère.

Tous les deux bras dessus, bras dessous, arrivèrent à la maison, et deux heures après le mioche était baptisé ; on fit grande fête ; la Mort se chargea de tous les frais. Aucun des douze autres enfants n'avait été baptisé avec autant de pompe et de luxe.

III

Une fois la fête terminée, la Mort appela son compère à part et lui dit : — A nous deux à présent, je vous ai promis la fortune, je vais vous la donner. Vous allez commencer par vous habiller en médecin.

— Comment ?... moi, médecin !... répondit Poulinard ahuri.

— Oui... oui... vous médecin ; et je vous réponds qu'il n'y en aura pas de meilleur. Et voyant qu'il faisait des signes de doute.

— Je vous garantis, poursuivit-elle que vous en serez surpris vous-même. Je comprends votre pensée : vous vous dites que s'intituler médecin et exercer sans avoir jamais étudié, c'est un peu extraordinaire : c'est vrai, mais je vais vous donner quelques explications et des instructions sur vos fonctions. Ainsi lorsqu'on vous appelle chez un malade, vous irez et en rentrant vous regarderez derrière la porte : si je suis là, vous n'aurez qu'à dire qu'on vous a appelé trop tard et que le malade est perdu ; si je n'y suis pas, et quoique la maladie soit grave, vous administrez quelques-unes des drogues que je vais vous apporter et vous répondrez de la guérison : vous aurez soin, bien entendu, de bien examiner le malade, l'ausculter, le sonder, le tourner et le retourner dans tous les sens, en un mot un tas de manières, voire même des grimaces pour jeter de la poudre aux yeux, et tout marchera à merveille. Ne manquez pas surtout de vous faire bien payer et bientôt vous serez riche.

— Entendu et compris, riposta notre pseudo-docteur. Il ne perdit pas de temps ; il se conforma aux conseils de sa chère commère.

Lorsqu'on apprit que Poulinard s'improvisait médecin on cria à la folie. — Sûr qu'il est fou, disait-on : pensez donc, prendre la Mort pour marraine, ensuite se faire passer pour médecin... il va falloir l'attacher.

Et les cancans continuaient sur tous les tons. Mais, au bout de quelque temps, il fallut reconnaître les capacités du nouvel Hippocrate ; de tous côtés on venait le chercher et notre praticien faisait merveille partout : l'argent remplissait ses poches, sa renommée grandissait chaque jour faisant connaître au loin les prodigieuses guérisons de Poulinard qu'on finit par surnommer le Prophète.

IV

Tout marchait à souhait d'autant plus que Commère la Mort rendait souvent visite à son protégé et à son filleul : à chaque fois elle apportait de nouveaux médicaments et ne manquait pas de donner force conseils à Poulinard qui se crut réellement un grand génie de la médecine tant il avait de succès et de réussite en tout et partout.

Le renom et la fortune du célèbre docteur Poulinard avait néanmoins excité des jalousies ; quelques-uns ne pouvaient pas se faire à l'idée générale de tout le monde. On avait connu notre homme miséreux, crevant de faim, ne sachant comment faire pour vivre et élever sa nombreuse famille, et, actuellement, c'était un richard, on avait pour lui de l'estime et de la considération : on ne parlait que de lui, de sa science, de ses miracles, de son savoir extraordinaire... Pourtant... On avait vu Poulinard autrefois, on savait qui il était.

— Pas possible tout ça, dit un jour un incrédule à trois ou quatre de ses amis, qui pensaient comme lui, un pareil charlatanisme ! Si vous m'en croyez, nous allons lui jouer un tour et on verra alors que Poulinard n'a jamais été et n'est pas médecin : c'est un farceur qui profite de l'ignorance du public, voilà tout. Moi, Pastoulet, je m'en vais faire voir que Monsieur le Docteur est un âne.

Le lendemain, après s'être entendu avec les autres, le dit Pastoulet se mit au lit disant qu'il était malade et pria un de ses amis d'aller chercher le docteur : — Nous allons voir s'il dit que je ne suis pas malade et, alors... nous allons rire.

Poulinard accourut ; en entrant, il vit derrière la porte Madame la Mort. — Hélas ! dit-il alors, vous m'avez appelé trop tard, l'homme ne tardera pas à mourir.

A peine avait-il franchi la porte que les amis du prétendu malade, pouffant de rire, allaient découvrir au public l'ignorance du docteur ; mais Pastoulet se mit à crier : — Aïe, aïe, j'ai des coliques, je vois que je suis malade pour de bon.

Il ne se plaignit pas longtemps, quelques minutes plus tard il tourna l'œil ; ses amis restèrent stupéfaits et ahuris ; ils furent obligés de reconnaître que Poulinard était bel et bien un grand médecin. L'histoire fut racontée et ne fit que donner un plus grand éclat à la déjà brillante renommée de l'ami intime de la Mort.

V

Malgré la fortune, le bien-être, la belle situation dont jouissait l'illustre docteur, malgré la renommée qui le précédait et le suivait partout et malgré les honneurs dont on le comblait, il était miné et sérieusement rongé par un souci : — Tout ça, est bel et bon, se disait-il, mais, un de ces jours, ma commère va me jouer le tour comme aux autres ; alors, à quoi bon tout cela ? Ah ! si je pouvais trouver un moyen de la... Il faut que je lui parle sérieusement, je verrai bien ce qu'elle me dira.

Donc un beau jour qu'elle était venue voir ce qu'elle appelait sa famille, à la fin d'un repas copieux et arrosé par les meilleurs vins que s'était procurés Poulinard, entre la poire et le fromage, comme on dit vulgairement, notre nouvel Esculape engagea la conversation avec sa protectrice :

— Il n'y a que vous, lui dit-il en souriant, chère commère, qui soyez complètement tranquille !

— Comment ça, cher compère ?

— Diable ! vous disposez de la vie de tout le monde, tandis que vous personne ne peut vous faire le moindre mal.

— Vous croyez, cher docteur, vous vous trompez !

— Allons donc ! je ne puis pas me tromper ; depuis que vous en faites des victimes ! Et, pourtant, à part cette petite histoire du Château du Cians jusqu'à présent...

— Taisez-vous, cher ami, je n'aime pas qu'on me rappelle cette affaire, car, voyez-vous, toutes les fois que j'y pense, je deviens presque folle.

— Aussi, à présent, chère commère, vous vous méfiez, et... alors...

— Pas de vous, dans tous les cas.

— Je ne dis pas cela.

— Voyez-vous, cher compère, chacun a son point faible ; pour vous prouver que j'ai en vous une confiance sans bornes, je vais vous confier un secret, mais...

— Oh ! chère et bonne commère, si vous doutez de mon attachement ce serait une injure des plus graves ; vous comprenez bien, qu'après tout le bien que vous m'avez fait, je ne puis que vous être dévoué corps et âme : si vous n'avez pas confiance en moi, gardez votre secret.

— Mais non... mais non... j'ai en vous la plus grande et la plus absolue confiance ; aussi, je coupe court et je vais vous confier mon secret, il n'y a que vous qui le connaîtrez. Ainsi, voyez cet étui en corne que je porte suspendu sur moi, dans cet étui il y a un onguent qui me sert, dès que je m'en frotte un peu, à me rendre où je veux et à parcourir en peu d'instants des distances énormes. Je m'en sers après chaque exécution et, des fois, en faisant vite, je l'oublie : si, à ce moment quelqu'un s'en avisait, le prenait et, avec cet onguent...

—... Je ne voudrais pas qu'on m'entende...

— Ne craignez rien, chère commère, on s'occupe de manger, de boire et de causer et on ne fait nullement attention à nous.

La Mort s'approcha alors de Poulinard et, dans l'oreille : — Si donc, comme j'ai dit, on prenait l'étui et avec l'onguent on frottait l'orifice d'une bouteille ou de tout objet pareil, on n'a qu'à commander, je suis obligée de rentrer dedans ; après, on bouche, et... crac... je suis en prison.

— Qui voulez-vous qui fasse cela, allons donc.

La conversation se termina ainsi et la Mort partit pour aller ailleurs exercer son triste et lugubre métier.

VI

Poulinard comprit que, si jamais il mettait la main sur le précieux cornet, il était sauvé. Aussi, depuis ce jour, dès qu'il arrivait chez un malade et qu'il constatait derrière la porte la présence de sa commère, il ne s'en allait que lorsque la personne avait bien fermé les deux yeux pour toujours, en ayant soin de bien regarder si la Mort n'avait pas oublié le fameux étui qui devait lui permettre de vivre tant qu'il voulait et jouir de la fortune qui allait chaque jour en augmentant.

Enfin, après une longue attente, un beau jour il s'aperçut, ô miracle ! que l'étui tant désiré avait été oublié sur une chaise. Notre docteur s'en empara et, tout joyeux, courut chez lui, s'enferma dans son cabinet, prit une vieille gourde qui lui venait peut-être de l'arrière-grand-père de son père, et, vivement, en frotta l'ouverture avec l'onguent. Immédiatement la Mort parut.

— Comment, cher compère ? vous me...

— Pas d'explications, allons... dans la gourde, et vite.

— Par pitié, je vous laisserai vivre tant que vous voulez ne me faites pas cela ? Vous me trahissez...

— Je ne veux rien savoir, répondit sèchement Poulinard : vous dans la gourde, je suis sûr de mon affaire. Allons, hop !

Force fut à Madame de rentrer dans la gourde. que son compère boucha comme il faut et qu'il alla cacher dans un coin du grenier où jamais personne n'irait la dénicher.

VII

Poulinard, tranquille désormais sur son avenir, fit publier partout qu'il se chargeait de garantir à tout le monde une longue existence et de guérir complètement n'importe quelle maladie. Il y en eut assez pour que des pays les plus éloignés on accourut pour se faire inscrire sur l'énorme registre. Il fut obligé de se faire aider par ses enfants, à qui il apprit le bon métier.

Personne ne mourait plus, on ne voyait plus que de malheureux vieillards traîner et des infirmes agoniser ; partout on se plaignait du retard de la mort à venir délivrer de leurs souffrances un tas de monde misérable.

Notre illustre docteur, âgé de cent cinquante ans, était lui aussi infirme : il n'en pouvait plus ; il avait perdu la tête, il ne pouvait plus parler, il souhaitait ardemment de voir sa commère pour le sortir de ce monde ; à chaque instant il montrait le coin où se trouvait la fameuse gourde.

Enfin, un bon jour une domestique découvrit l'instrument tout chargé de poussière ; elle eut l'idée de l'apporter à son maître, qui en témoigna sa joie et fit signe d'enlever le bouchon. La Mort sortit à l'instant ; tout le monde fut saisi de peur.

— Cher compère, illustre docteur et traitre inoubliable, c'est vous et les vôtres qui allez y passer les premiers, et elle commença sur le coup sa triste opération.

VIII

La Mort avait beaucoup d'ouvrage devant elle ; mais, avec son pouvoir d'ubiquité, elle se trouvait partout et partout son impitoyable faux travaillait sans relâche, enlevant à tort et à travers grande quantité d'êtres humains.

Ce fut alors que le bruit se répandit que la fin du monde était proche ; que chacun ferait bien de prendre ses précautions pour s'assurer une bonne existence dans l'autre. Aussi tous ceux, qui avaient un ascendant ou un pouvoir quelconque sur le peuple en profitèrent, pour se faire donner biens, argent et tout ce qu'il possédait ; l'ignorance était si profonde, qu'on ne songeait même pas à demander à ces exploiteurs si pour eux la fin du monde ne devait pas venir.

Toutefois les habitants de Beuil se refusèrent net à de pareilles opérations ; et le seigneur du pays, voulant user de force, vit éclater une révolution et fut pendu. Le peuple fut libéré d'un joug terrible ; il garda son indépendance ; on dirait que même de nos jours, il reste, dans le caractère des Beuillois certaines traces des anciens temps.

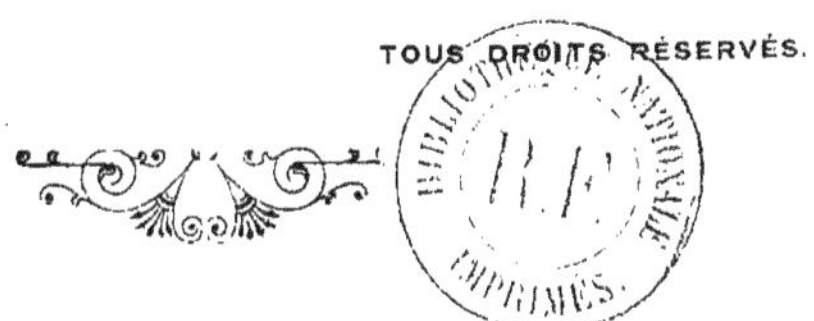

www.ingramcontent.com/pod-product-compliance
Ingram Content Group UK Ltd.
Pitfield, Milton Keynes, MK11 3LW, UK
UKHW020418220726
13923UKWH00005B/2019

9 782019 644963